三國演義繪本

2 三顧茅廬

原著〔明〕羅貫中
編著 狐狸家

新雅文化事業有限公司
www.sunya.com.hk

三國演義繪本 2
三顧茅廬

原　　著：〔明〕羅貫中
編　　著：狐狸家
責任編輯：林可欣
美術設計：劉麗萍
出　　版：新雅文化事業有限公司
香港英皇道499號北角工業大廈18樓
電話：（852）2138 7998
傳真：（852）2597 4003
網址：http://www.sunya.com.hk
電郵：marketing@sunya.com.hk
發　　行：香港聯合書刊物流有限公司
香港荃灣德士古道220-248號荃灣工業中心16樓
電話：（852）2150 2100
傳真：（852）2407 3062
電郵：info@suplogistics.com.hk
印　　刷：中華商務彩色印刷有限公司
香港新界大埔汀麗路36號
版　　次：二〇二二年一月初版

四川少年兒童出版社有限公司授權出版

ISBN: 978-962-08-7915-9

18/F, North Point Industrial Building, 499 King's Road, Hong Kong
Published in Hong Kong, China
Printed in China

話說天下大勢，分久必合，合久必分。
統治中國四百多年的大漢王朝，進入了分裂動盪的新時期。
狼煙紛亂，羣雄並起。
亂世中，桃園裏，
劉備、張飛、關羽結為兄弟，
再加上聰明機智的諸葛亮，
戰曹操、氣周瑜、燒赤壁……
英雄的故事，即將上演。

劉備屯兵新野之時，在軍師徐庶的幫助下，操練兵馬、囤積糧草。他立志發展壯大，想要打敗曹操，匡扶漢室。

為了減少來自劉備的威脅，曹操用計騙走了徐庶。這天，劉備和徐庶在長亭道別，劉備一想到身邊再也沒人能為他出謀劃策，就沮喪極了。沒想到，徐庶突然告訴劉備，隆中有位奇才，那就是卧龍先生諸葛亮，如果有他的輔佐，一定能得到天下。劉備聽完，重新振作起來，再三拜謝徐庶的指點。

只要能請到諸葛亮幫忙，天下遲早是主公的。
多謝先生指點！

蒼天如圓蓋，
陸地似棋局。
世人黑白分，
往來爭榮辱。

劉備帶着關羽、張飛，準備了幾車禮物，去拜見諸葛亮。他們來到隆中，只見這裏山清水秀，山腳下是一望無際的田野，勤勞的農夫正在田間忙碌。再走近些，還能聽到農夫們自在的歌聲呢！

好美的景色，隱居在這裏的一定是高人！二弟、三弟，我們來對了！
不就是幾個小山包、一條小水溝嘛！
劉備下馬，禮貌地向農夫詢問臥龍先生的住處。得知臥龍先生就住在前面的竹林裏，劉備高興極了。
請問大爺，可知臥龍先生住在哪兒？
臥龍先生就住在前面的竹林裏！

三人下馬走進竹林，就被眼前的景色吸引住了。你看，這哪裏是竹林啊，分明是一片竹海！茂密的竹葉遮天蔽日，陽光透過竹葉灑下點點光影。風一吹，竹子在風中微微搖擺着，就像海面的波浪一樣呢。

穿過竹橋，在林子盡頭，有一個院子。看來這裏就是卧龍先生的家了！

大哥你看，
前面有幾間
茅草屋！

你們找誰啊？
在下劉備，特來
拜見卧龍先生。

快到茅廬的時候，劉備有些緊張地扶正自己的髮冠，又整理了一下衣服，這才緩緩地走到柴門前，敲了敲門。

「吱呀」一聲，一個小童拉開一道門縫，露出一雙忽閃忽閃的大眼睛。劉備彎腰行禮，説明了自己的身分，想要拜見臥龍先生。沒想到，先生並不在家。

二哥，這小孩
好生無禮！
先生去哪兒了？先生
什麼時候回來？
我家先生今早出去
了，你請回吧！

我家先生行蹤不定，我怎麼知道他什麼時候回來。
童兒，你家先生什麼時候回來？
呔！小子不識好歹！
小孩，你再不說，三爺爺就揍得你屁股開花！
童兒莫怕！可否先把禮物收下？
說了不知道就是不知道，快走！

快開門！我大哥
堂堂皇叔，親自
給你家先生送禮，
你敢不收？
我家先生從來不
收外人的禮物！

小童只説先生出門了，卻怎麼也不肯説他什麼時候回來，這可把張飛氣壞了：大哥貴為皇叔，大老遠親自跑來拜訪，這小童竟然一點禮貌也沒有。

眼看張飛揮着拳頭要揍人，小童害怕了，砰的一聲，把門關上了。劉備一邊拉張飛，一邊哄小童，想把禮物先送給卧龍先生。但是小童一口回絕，就是不願開門。三人這下沒辦法了，只能先離開。

走吧走吧，好像
我願意來似的！

大哥你看，那兒有個人！
在哪兒呢？

回去的路上，劉備正在歎氣。忽然，關羽拉了拉他的衣服，指向不遠處林中的人影。劉備心裏一喜：難道是卧龍先生回來了？

可惜啊，走來的人只是卧龍先生的朋友。這位老先生先點評了一番天下大事，又向劉備誇讚了卧龍先生的才智，隨後便飄然離去。

閣下可是卧龍先生？
不，我只是他的朋友。
此人有大智慧，可惜他不願意輔佐我啊！
哼！真是不知好歹，竟然敢拒絕大哥。

回到新野後，劉備一直想着臥龍先生的事，整夜都睡不着。

這位臥龍先生啊，就像擱在他面前的一座高山，他想要登上這座山，卻怎麼也找不到登山的路，甚至連這座山的真面目都看不清。諸葛亮到底是個什麼樣的人呢？雖然沒能見到他，可經過這次尋訪，劉備心裏更加肯定——他一定是個奇人！

哈哈，真是天助我也！快備馬，我們立刻就去。
哼！不過是一個村夫，喊人把他抓來不就成了。
報！隆中傳來消息，卧龍先生回來了！

我就不懂了，大哥為何
非要去見那個諸葛亮！
大哥這麼做，自然
有他的道理。

隆冬已至，屋外大雪紛紛，滴水成冰。劉備兄弟三人正在堂上烤火取暖，忽然一個小兵前來報喜訊。原來是隆中傳來消息，臥龍先生回來了！劉備騰的一下站了起來，開心得哈哈大笑，可關羽和張飛卻拉長了臉，並不高興。

劉備明白，是上次的經歷讓他們不開心了。可時間不等人，還是先去拜訪臥龍先生，再安慰兩位兄弟吧！

漫天飛雪，山川大地一片白茫茫。三人頂着寒風，騎着駿馬，一路飛馳。快到茅廬的時候，忽然聽到路邊的酒家裏傳來一陣響亮的歌聲。

劉備連忙勒馬停下，仔細一聽，歌裏唱的，竟然是現在天下的局勢！劉備心想：難不成卧龍先生在這裏喝酒？

賢才難求啊！
他們也太狂妄了！大哥
幹嗎對他們那麼客氣？
請問，兩位誰
是卧龍先生？
我們只是他的朋友。閣下
找卧龍有什麼事？
找錯人了！
快走吧！

劉備連忙下馬進店詢問。可惜店裏的客人並非卧龍先生，只是他的朋友。他們避世隱居，也不願輔佐劉備。劉備歎了口氣，繼續趕往茅廬。

風雪中，三人又一次來到了茅廬。劉備輕輕敲了敲柴門，詢問先生在不在家。這回，小童打開門，説先生在屋裏讀書，讓三人進去。

諸葛先生今日在家嗎？
先生在屋裏讀書，三位請進吧。
咳，總算沒白來！

大哥你看，那諸葛亮竟然還是個毛頭小子！

一踏進院子，劉備的心就開始咚咚直跳，想到馬上就能見到卧龍先生，他反而緊張得不敢靠近。忽然，室內傳出一陣讀書聲。劉備站在門側往裏一看，這卧龍先生竟然是個少年！

久仰臥龍先生大名，
今日得見先生，真是
萬幸！
將軍認錯了，我是臥
龍先生的弟弟，家兄
昨天出門閒遊了。

進了屋，劉備急忙拱手行禮。哪知，這少年竟然不是臥龍先生，而是他的弟弟。

劉備忍住心裏的失落，他要來筆墨，寫下一封書信，希望少年能轉交給臥龍先生，好讓臥龍先生了解自己急切求見的心情。

既然這人不在，
大哥，我們走！
大哥，不如早回！
我也不知。
你可知卧龍先生
何時回來？
有勞你把這
封信轉交給
令兄。
先生放心。

劉備一行人剛走出柴門，只見風雪中有一名老者騎着驢，優哉游哉地唱着歌過來了。劉備驚喜地嚷道：「這位定是卧龍先生！」可惜，那位老人只是卧龍先生的岳父。

老人家小心，雪大路滑。不知有沒有見到令婿？
我女婿不在家嗎？虧我大雪天還來找他呢！白來了，白來了……

兩次拜訪，兩次都沒能見到卧龍先生。回去的路上，雪下得更大了，劉備連連歎氣——這條求取賢才的道路實在太艱難了，簡直讓人看不到半點希望啊！
卧龍先生回來了？
這是家兄的岳父，不是家兄。
啊啊啊！氣死我老張了！
唉！

不行，這回得
攔住大哥！
好！好極了！
卦象吉祥，主公
一定能實現自己
的願望。

光陰荏苒，春天很快就到了。這天，窗外紅梅盛開，枝頭上，幾隻喜鵲正嘰嘰喳喳地叫個不停。

劉備見了這景色，心中一喜，便找人卜了一卦。看到吉祥的卦象，劉備又挑選了一個吉日，決定再去拜訪諸葛亮。這下子，關羽和張飛可不樂意了，他們決定阻止大哥。

兩人都覺得，這傳說中的諸葛亮，不過是個只會躲人的膽小鬼，根本不值得再去第三次。還不如他們去把諸葛亮帶過來，省得大哥再跑來跑去。

大哥兩次前去都沒見到諸葛亮，何必再去第三次。
三弟！三弟停下！
我看那諸葛亮就是個膽小鬼！大哥不用去了，我這就去把他抓來！

曹操身邊謀士無數，
我身邊卻連一個都沒
有！現在，二弟三弟
還要阻止我求得卧龍
先生嗎？

我要用這麻繩把
諸葛亮綑來！
三弟，你拿麻繩
做什麼！

這哪能行！劉備急忙追到門外，攔下張飛，氣得頭都痛了。

劉備歎了口氣，跟關、張二人說出自己的苦衷：曹操有許多謀士，而他身邊連一個可以出謀劃策的人都沒有！為了求得賢才，別說拜訪三次了，就算是三百次，他也必須要去啊！

關、張二人明白了劉備的苦心，
他們連忙認錯，要陪劉備一起前往。
大哥，我知錯了！
三弟，等會兒不可對
臥龍先生無禮！

在明媚的春光裏，三人第三次來到隆中。一路上喜鵲嘰嘰喳喳，就像報喜一樣。劉備覺得，這一次啊，或許真的能見到卧龍先生！

三人還沒走近茅廬，就看見小童等在門外，遠遠地便把一根手指壓在嘴邊，讓他們說話小聲點。小童告訴劉備，先生還在午睡。劉備高興極了，忙壓低聲音，告訴小童先別通報，等先生醒了再說。

童兒，先生在家嗎？
哈哈，他們
又來啦！
噓！
先生正在
午睡呢！
別叫醒你家先
生，我在外面
等他醒來。

劉備讓關、張二人在院門外等候，自己跟着小童來到草堂前。劉備看見牀榻上有一人睡得正香，那一定是臥龍先生了。劉備靜靜地站在門口，等着屋裏的人醒過來。

哼，這下可算逮着他了！
終於能見到諸葛亮了。

三弟不可！
這諸葛亮也太能睡了！我去屋後放一把火，看他還睡不睡！

過了許久，門外的張飛越等越急，氣呼呼地想要去屋後放火，關羽急忙攔住了他。

幾個時辰後，諸葛亮終於睡醒了。聽小童說，劉備一直在外面等他醒來，諸葛亮連忙讓小童幫自己更衣。

草堂春睡足，
窗外日遲遲。
先生，劉備在門外等很久了。
怎麼不早點叫醒我？快幫我更衣。
是劉備不讓我叫的。
在下諸葛亮，
不知貴客前來，
有失遠迎。

聞先生大名，
日終於得見！

聽到屋裏傳出的聲音，劉備知道，這是卧龍先生醒了。他連忙招手讓兩位兄弟過來，三人一起在外面等待。

不一會兒，諸葛亮便搖着羽扇出來了。劉、關、張原本都以為卧龍先生是一位仙風道骨的老人，沒想到，今日一見才知，他竟是一位俊逸青年，看起來只有二十五六歲！

這諸葛亮長
得真俊！

劉備不才，生在亂世，
一心只想救國救民。可
惜身邊缺少高人輔佐，
不知道如何實現自己的
志向。再三拜訪，只想
請先生指一條明路。

諸葛亮把劉備請到草堂裏小坐，關羽和張飛留在門外等候。

二人坐下後，劉備敞開心扉，坦誠地向諸葛亮訴說了自己的志向，想請諸葛亮幫助自己匡扶漢室。

諸葛亮聽劉備句句真心，這才輕歎一聲。只見他輕搖羽扇，從容不迫地分析起天下局勢：如今，北方有曹操的百萬大軍，他控制了天子來號令諸侯，現在不能和他較量。

有我江東水師在，曹操再厲害，也過不了江東。

江東憑據着險要地勢，又有孫權強大的水軍，現在只能和孫權結盟，不能與之為敵。

而荊州地域廣闊，連通四方，是兵家必爭之地，卻缺少一個能守住它的人。同樣，益州這個「天府之國」，也缺少一位明君。如果劉備能同時佔據荊州與益州，就有希望爭奪天下！

將軍若想成功，
必須先得荊州、
益州。
荊州劉表、益州劉
璋都是我的親戚，
我怎麼能搶奪他們
的領地？！
荊州

　　諸葛亮的一番話讓劉備茅塞頓開，但他心裏還是有很多顧慮：荊州、益州這兩座城池的主人都是他的親戚，他怎麼能搶奪呢？

我夜觀天象，荊州劉表將不久於人世。荊州遲早要換主人。

見劉備如此為難，諸葛亮告訴他：自己夜觀天象，荊州城主劉表不久就會離世，到時就可以拿下荊州，而益州劉璋遲早也會歸順於他。

劉備見諸葛亮隱居在茅廬，卻可知天下事，也明白了諸葛亮是一位不可多得的謀士。

這諸葛亮怎麼還不答應？我要進去教訓他！
三弟不可！你忘了大哥的教導了嗎？
先生未出茅廬，已知三分天下。劉備不才，懇請先生出山。

劉備再三請求諸葛亮輔佐自己，諸葛亮卻只是淡淡地望着窗外的景色，並不接受。

將軍快快請起！
我請先生出山，不為自己，只為百姓能早一天脫離戰亂。
劉備替天下蒼生感謝先生出山！
將軍心懷天下，我願效犬馬之勞。哪怕日後再艱難，也萬死不辭。

劉備心中既急切又悲痛，一時間竟泣不成聲。諸葛亮看見劉備如此誠懇，內心震動，覺得自己如果錯過劉備這樣的賢主，實在有愧於天下百姓。思索再三，諸葛亮也拜向劉備，表明自己願意追隨他。

第二天，劉備三人和諸葛亮一同回到新野。一路上，劉備與諸葛亮有說有笑，越聊越開心。劉備喜滋滋地對兩位兄弟說：「我得先生，如魚得水，自在極了！」

為什麼諸葛亮總不在家呢？

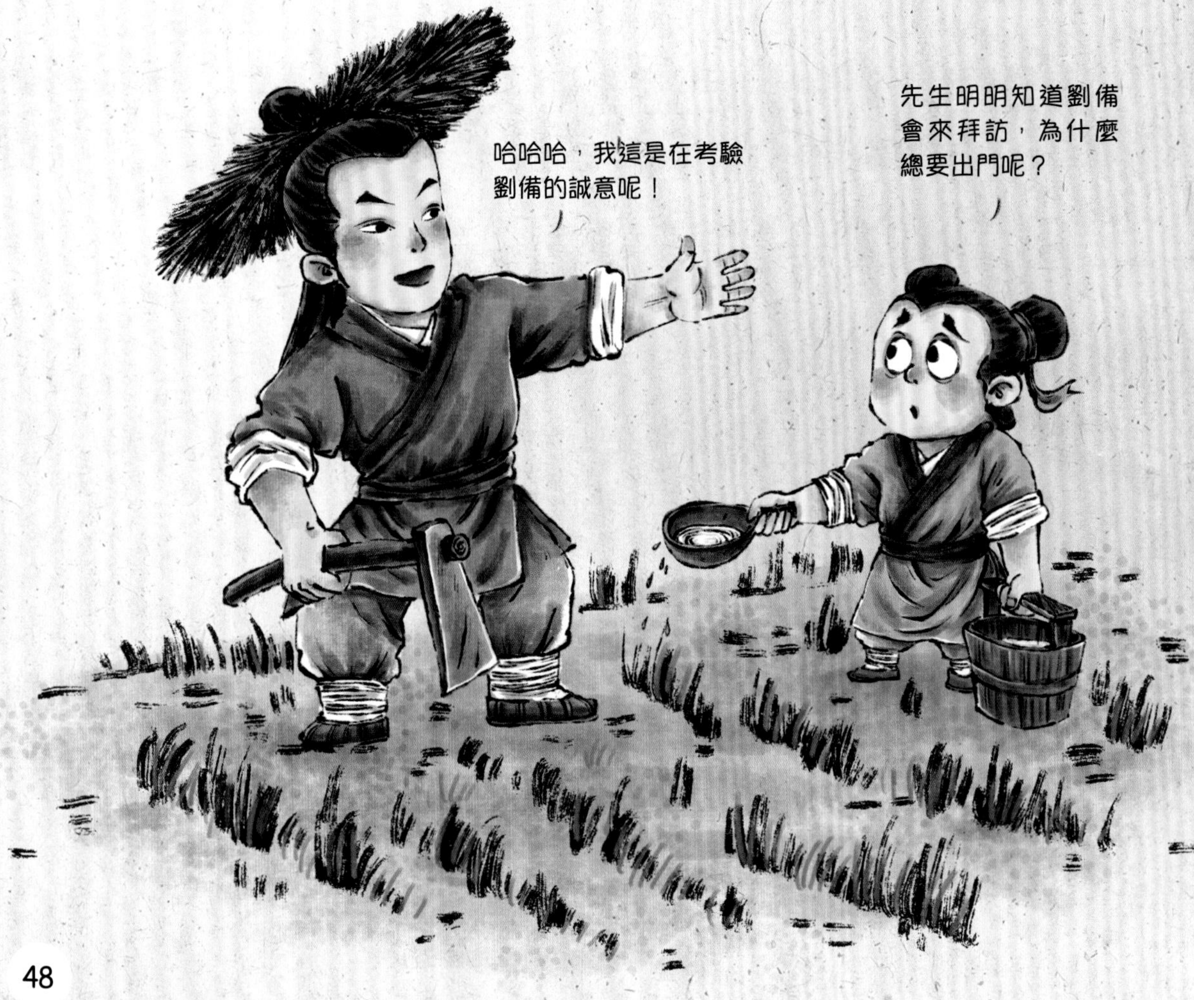
先生明明知道劉備會來拜訪，為什麼總要出門呢？
哈哈哈，我這是在考驗劉備的誠意呢！